大海的颜色世界：
黑色和彩色

〔法〕埃米莉·瓦斯特　文/图

吴颖　译

山东文艺出版社

洋洋住的地方静悄悄的。
洋洋住的地方在黑漆漆的大海深处。

星期一，
洋洋发现一颗鲜艳的红珍珠。

星期二，
洋洋找到一颗耀眼的橙珍珠。

星期四，
洋洋遇见一颗淡雅的绿珍珠。

星期六，
一颗奇异的靛青珍珠呈现在洋洋面前。

星期天，
一颗迷人的紫珍珠加入到洋洋的颜色世界。

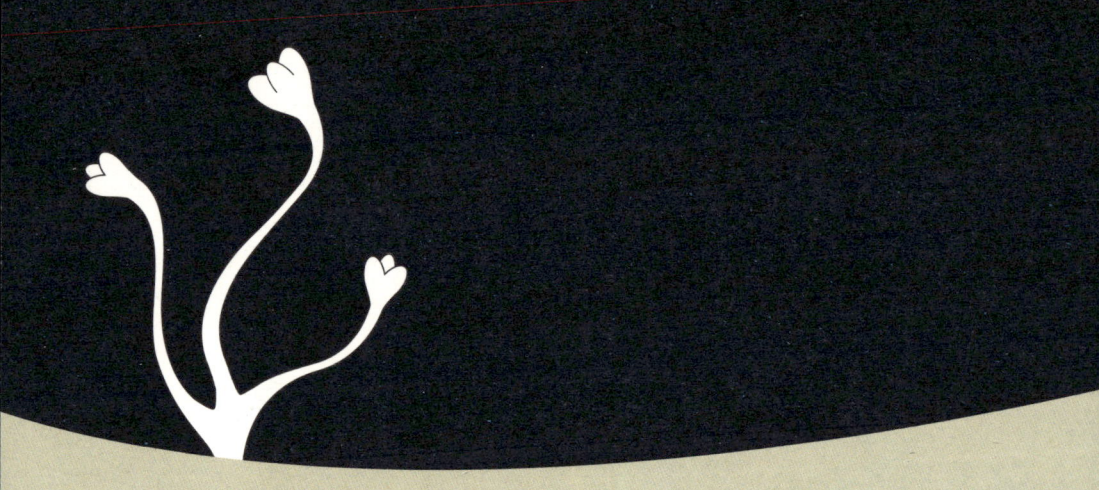

七天，正好是彩虹的七种颜色，
多么美丽的巧合！

世上有七大奇迹，
洋洋也有七件宝贝。

可拿它们做什么用呢？

洋洋把红珍珠埋进沙里，
噢，一切都变样了。

喜气洋洋的，可是太鲜艳了。

洋洋挖出红珍珠，
把橙珍珠埋进沙里，
噢，一切都变样了。

喜气洋洋的，可是太耀眼了。

洋洋挖出橙珍珠，
把黄珍珠埋进沙里，
噢，一切都变样了。

喜气洋洋的，可是太明亮了。

洋洋挖出黄珍珠，
把绿珍珠埋进沙里，
噢，一切都变样了。

喜气洋洋的，可是太淡雅了。

洋洋挖出绿珍珠，
把蓝珍珠埋进沙里，
噢，一切都变样了。

喜气洋洋的，可是太柔和了。

洋洋挖出蓝珍珠，
把靛青珍珠埋进沙里，
噢，一切都变样了。

喜气洋洋的，可是太奇异了，

洋洋挖出靛青珍珠，
把紫珍珠埋进沙里，
噢，一切都变样了。

喜气洋洋的，可是太迷人了。

哦，洋洋有办法了，
他把所有的珍珠都埋进沙里，
噢，一切都变样了，更加喜气洋洋。

黑夜没了踪影，光明来临了！

图书在版编目（CIP）数据

大海的颜色世界：黑色和彩色 /[法] 埃米莉·瓦斯特文 / 图；
吴颖译 .—济南：山东文艺出版社，2012.6
（幼儿视觉发展图画书）
ISBN 978-7-5329-3717-2

Ⅰ.①大… Ⅱ.①埃… ②吴… Ⅲ.常识课—学前
教育—教学参考资料 Ⅳ.① G613.3

中国版本图书馆 CIP 数据核字（2012）第 057403 号

图字：15-2012-019
Title of the original edition:
Océan, le noir et les couleurs, by Emilie Vast
Copyright© Editions MeMo, 2011

大海的颜色世界：黑色和彩色

[法]埃米莉·瓦斯特 文 / 图 吴颖 译

主管部门	山东出版集团	
集团网址	www.sdpress.com.cn	
出版发行	山东文艺出版社	
社 址	山东省济南市英雄山路 189 号	
邮 编	250002	
网 址	www.sdwypress.com	

读者服务	0531-82098776（总编室）
	0531-82098775（发行部）
电子邮箱	sdwy@ sdpress.com .cn

印 刷	利丰雅高印刷（深圳）有限公司
开 本	160×182 毫米 24 开
印 张	1.75
字 数	2 千字
版 次	2012 年 6 月第 1 版
印 次	2012 年 6 月第 1 次印刷
书 号	978-7-5329-3717-2
定 价	20.00 元